Este libro de Ladybird pertenece a:

Berenice

Adaptación de Nicola Baxter
Traducción de María Ester Sánchez Núñez
Ilustraciones de Jon Davis

Tapa ilustrada por Thea Kliros

© Ladybird Books USA 1996

Publicado originalmente en Inglaterra por Ladybird Books Ltd ©1994

Primera edición norteamericana: Ladybird Books USA
Una división de Penguin Books USA Inc.
375 Hudson Street, New York, New York 10014

Impreso en Inglaterra
10 9 8 7 6 5 4 3 2 1

ISBN 0–7214–5659–6

CUENTOS DE SIEMPRE

Cenicienta

Había una vez una joven llamada Cenicienta, que vivía con su padre y sus dos hermanastras.

Éstas se gastaban todo el dinero en ropa nueva y yendo a fiestas, mientras que Cenicienta hacía todo el trabajo de casa y vestía harapos.

Las hermanas eran tan egoístas y malvadas que se les veía en la cara. Aun con ropas caras, nunca estaban tan bonitas como Cenicienta.

Un día el pregonero real anunció que
iba a haber un baile en el Palacio
Real en honor del Príncipe, hijo
único del Rey.

Las hermanas de Cenicienta saltaban de alegría porque el Príncipe era muy guapo y soltero.

Cuando llegó la noche del baile, Cenicienta tuvo que ayudar a sus hermanas a arreglarse.

«¡Tráeme mis guantes!», gritaba una.

«¿Dónde están mis joyas?», chillaba la otra.

A ninguna se le ocurrió pensar que Cenicienta quisiese ir al baile.

Cuando por fin se fueron en una bonita carroza, Cenicienta se echó a llorar.

«¿Por qué lloras, querida?», escuchó. Cenicienta alzó sus ojos y vio a su hada madrina sonriendo.

«Quisiera ir al baile y conocer al Príncipe», dijo Cenicienta, secándose las lágrimas.

«¡Nada más fácil! Pero tienes que hacer lo que yo te diga», dijo el hada.

«¡Claro!», prometió Cenicienta.

«Pues ve al jardín y coge la calabaza más grande que encuentres», dijo el hada.

Cenicienta cogió una enorme calabaza y se la llevó al hada. Ella, agitando su varita mágica, la convirtió en una preciosa carroza de oro.

«Ahora tráeme seis ratones blancos de la cocina», dijo el hada. Y Cenicienta así lo hizo.

Al mover la varita, el hada convirtió a los ratones en seis elegantes caballos blancos para tirar de la carroza. Cenicienta no se lo podía creer.

Cenicienta miró sus harapos. «Pero...
¿cómo voy a ir al baile con este
vestido tan viejo?», suspiró.

Y por tercera vez, el hada agitó su
varita y en un tris-tras Cenicienta
lucía un precioso vestido blanco con
lazos de raso azul, joyas en el pelo y
unos bonitos zapatos de cristal.

«¡Ya estás lista!», dijo el hada
sonriendo. «Pero acuérdate de que
el encanto se acabará a las doce
de la noche.»

Y Cenicienta se fue al baile en su
carroza de oro.

En Palacio todo el mundo se
preguntaba quién sería aquella
joven tan bonita del vestido blanco
y azul.

El Príncipe pensó que Cenicienta era la mujer más hermosa que él había visto.

«¿Me concede este baile?», le preguntó haciéndole una reverencia.

Todas las demás chicas tenían celos de aquella misteriosa desconocida.

Cenicienta bailó toda la noche con el Príncipe sin acordarse de la advertencia del hada, hasta que *ding-dong...* en el reloj dieron las doce... *ding-dong...*

Entonces salió corriendo del salón sin decir palabra... *ding-dong...*

Con las prisas, perdió uno de sus zapatitos... *ding-dong...* El Príncipe salió corriendo tras de ella, pero no la encontró.

«¡Ni siquiera sé cómo se llama», suspiró.

Cuando las hermanas de Cenicienta llegaron a casa, no hacían más que hablar de la desconocida que había bailado con el Príncipe toda la noche.

«¡Qué vergüenza! Después de que esa estúpida se fuera, no quiso bailar con nadie más», se quejaba la una a la otra.

Cenicienta apenas las escuchaba. Sólo podía pensar en aquel encantador Príncipe que la había llevado en sus brazos.

Mientras tanto, el Príncipe no podía dejar de pensar en la joven que le había robado el corazón. Lo único que tenía suyo era el zapato de cristal.

«El pie que encaje en este zapato será el pie de mi esposa», dijo.

Y buscó por todo el Reino. Un mensajero real llevaba el zapato en un cojín de seda.

Todas las chicas querían probarse el zapato. Pero aunque muchas lo intentaron, a unas le quedaba grande y a otras pequeño.

Al final, el Príncipe llegó a casa de Cenicienta.

Las dos hermanastras intentaron meter sus grandes pies en el zapatito. Pero ninguna de las dos pudo ponérselo.

«¿No tiene más hijas?», preguntó el Príncipe al padre de Cenicienta.

«Una más», contestó.

«¡Ah, ésa no!», dijeron las hermanastras, «está demasiado ocupada en la cocina». Pero el Príncipe insistió en que *todas* debían probarse el zapato.

A Cenicienta le daba vergüenza presentarse delante del Príncipe con aquellas ropas. Pero se sentó y se probó el elegante zapato que, por supuesto, ¡le quedaba perfecto!

El Príncipe la miró y enseguida reconoció la cara de la chica con la que había bailado. «Pero, ¡si eres tú!», susurró. «Cásate conmigo y nunca más estaremos separados.»

¡Qué contenta estaba Cenicienta! Su hada madrina apareció otra vez y, agitando su varita, convirtió su ropa en un vestido digno de una princesa.

Entonces el Príncipe se la llevó a Palacio.

Cenicienta y el Príncipe se casaron y
fue la boda más bonita del mundo.
Muchos reyes de otras tierras
vinieron para conocer a la nueva
Princesa y desearles felicidad.

Hasta las hermanas
de Cenicienta
tuvieron que
reconocer
que era
la novia
perfecta.

Y Cenicienta y el Príncipe fueron
felices para siempre.

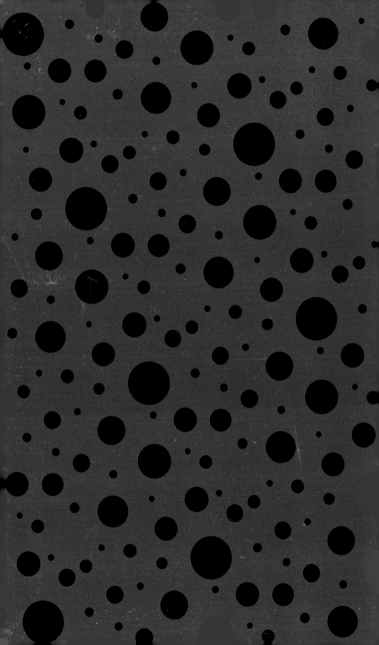